AF364001

VENTE

Du Mercredi 14 Février 1911

HOTEL DROUOT, SALLE N° 1

À DEUX HEURES

TABLEAUX

ANCIENS ET MODERNES

AQUARELLES, PASTELS, DESSINS

M° F. LAIR-DUBREUIL

COMMISSAIRE-PRISEUR

M. GEORGES SORTAIS, PEINTRE

EXPERT PRÈS LE TRIBUNAL CIVIL

CATALOGUE

DES

TABLEAUX

ANCIENS ET MODERNES

AQUARELLES, PASTELS, DESSINS

Par :

D'ARGENCE, BERTON, BRANDON, COUDERC,
COURTOIS (J.), DEFAUX, DREUX-DORCY, ENGEL, FORT (TH.),
GRANET, GROS (BARON), JAPY, JEANNIN, LEPIC,
MEISTER, OLIVE, PAPELEU, PENNE (O. DE), RAFFAELLI,
RIVOIRE, SCHEFFER (ARY), STEINLEIN,
TOURNIÈRES, TROUILLEBERT, ETC.

ET DES ÉCOLES

Allemande, Flamande, Française, Hollandaise
et Italienne

DONT LA VENTE AUX ENCHÈRES PUBLIQUES AURA LIEU

HOTEL DROUOT, SALLE Nº 1
LE MERCREDI 14 FÉVRIER 1912

à deux heures

Mᵉ F. LAIR-DUBREUIL	**M. GEORGES SORTAIS**, Peintre
COMMISSAIRE-PRISEUR	EXPERT PRÈS LE TRIBUNAL CIVIL
6, rue Favart	11, rue Scribe

EXPOSITION PUBLIQUE
Le Mardi 13 Février 1912, de 1 h. 1/2 à 6 heures

CONDITIONS DE LA VENTE

Elle sera faite *au comptant*.

Les adjudicataires paieront *dix pour cent* en sus des enchères.

L'exposition mettant le public à même de se rendre compte de l'état et de la nature des objets, aucune réclamation ne sera admise une fois l'adjudication prononcée.

Paris — Imp. de l'Art, Ch. Berger, 41, rue de la Victoire.

DÉSIGNATION

ARGENCE (D')

1 — *Le Coin abandonné.*

BARIC (H.)

2 — *Enfant jouant dans un parc.*
Dessin à la sanguine.

BERTALL

3 — *Sujet humoristique.*
Dessin rehaussé d'aquarelle.

BERTON (A.)

4 — *Tête de Jeune Fille.*
Pastel.

BETTI

5 — *Tête de Vieil Espagnol.*

BOILLY (École de)

6 à 9 — *Les Quatre Saisons.*

BOUCHER (D'après)

10 — *La Bergère endormie.*

BOUCHER (D'après F.)

11-12 — *Nymphes et Amours dans les nuages.*
Deux copies anciennes.

BRANDON

13 — *Le Pape et les Cardinaux donnent l'audience.*

BRANDON

14 — *Le Consistoire à Rouen.*

CHAVET

15 — *Conversation.*

COËNE

16 — *Scène de cabaret.*

COUDERC (G.)

17 — *Pivoines dans un vase de verre de Venise.*

COURTOIS (Jacques)

18 — *Attaque d'un convoi.*

CRAFTY

19 — *Deux vieux amis.*
Dessin à la plume.

DAGNAUX

20 — *Bords de rivière.*

DAUMIER (Genre de)

21 — *Portrait présumé de Dumas père.*

DAUVERAT

22 — *Jeune Femme en pied, effet de neige.*
Signé.

DAUZATS

23 — *Intérieur de sacristie.*

DEFAUX

24 — *Canards au bord d'une rivière à terrain boisé.*
Œuvre importante.

DE MOUCHEL

25 — *Bateaux de pêche, par une mer houleuse.*

DESPORTES (Attribué à François)

26 — *Mercure.*
Camaïeu sur fond bleu.

DREUX-DORCY

27 — *Buste de Jeune Femme à chevelure blonde, orné de fleurs.*

DURY-VASSELON

28 — *Pivoines blanches et cerises dans un vase posé sur un tonneau.*

D. V. H. 1675

29 — *Enfant Jésus et saint Jean assis dans un paysage, des anges vont les couronner de fleurs.*

ÉCOLE ALLEMANDE (xviiiᵉ siècle)

30 — *Gentilhomme vêtu d'un habit de brocart d'or, enveloppé d'un manteau rouge.*

ÉCOLE ALLEMANDE

31 — *Joueur de flûte dans un paysage historique.*

ÉCOLE ALLEMANDE

32 — *Nymphe et faune dansant.*

ÉCOLE ANGLAISE (xviiiᵉ siècle)

33 — *Jeune Femme debout, tenant une guirlande de roses, dans un paysage.*

ÉCOLE DE BARBIZON

34 — *Bœufs à l'étable.*

ÉCOLE ESPAGNOLE

35 — *Portrait de Philippe IV.*

ÉCOLE FLAMANDE

36 — *Deux Villageois causent dans un paysage, près d'un cours d'eau.*

ÉCOLE FLAMANDE

37-38 — *Bateaux de pêche. Trois-mâts.*
Deux pendants.

ÉCOLE FLAMANDE

39 — *Le Repos de Diane.*

ÉCOLE FLAMANDE (XVIIIᵉ siècle)

40 — *Berger et son troupeau.*

ÉCOLE FLAMANDE (XVIIIᵉ siècle)

41 — *Nymphe surprise par un satyre.*

ÉCOLE FRANÇAISE

42 — *Paysage au bord de la Seine.*
Pendant du suivant.

ÉCOLE FRANÇAISE

43 — *Étang dans un paysage.*
Pendant du précédent.

ÉCOLE FRANÇAISE

44 — *Portrait d'une Actrice sous les traits de Diane.*

ÉCOLE DE 1830

45 — *Portrait d'un Jeune Homme.*

ÉCOLE FRANÇAISE (Commencement du xixe siècle)

46 — *La Confidence.*

ÉCOLE FRANÇAISE (xixe siècle)

47 — *Ruines dans un paysage montagneux.*

ÉCOLE FRANÇAISE (xviiie siècle)

48 — *Le Jardinier.*

Panneau décoratif. A été agrandi.

ÉCOLE FRANÇAISE (xviiie siècle)

49 — *Jeune Femme nue, vue à mi-corps, de grandeur naturelle.*

ÉCOLE FRANÇAISE (xviiie siècle)

50 — *Saint Jérôme.*

ÉCOLE FRANÇAISE (xviiie siècle)

51 — *Moine debout devant une table.*

ÉCOLE FRANÇAISE (xviiie siècle)

52 — *Portrait présumé du duc de Bourgogne.*

ÉCOLE FRANÇAISE (xviiie siècle)

53 — *Pâtre et sa Compagne, au bord d'un cours d'eau, gardant des bœufs dans un paysage.*

ÉCOLE FRANÇAISE (xviiie siècle)

54 — *Portrait de Jeune Femme Louis XVI.*

ÉCOLE FRANÇAISE (Commencement du xviiie siècle)

55 — *Portrait du Roi Louis XV, enfant.*

ÉCOLE FRANÇAISE (xviie siècle)

56 — *Le Roi Louis XIV, en buste.*

ÉCOLE DE FONTAINEBLEAU

57 — *Laissez venir à moi les petits enfants.*

ÉCOLE HOLLANDAISE

58 — *Vue de ville en Hollande ; marine.*

ÉCOLE HOLLANDAISE

59 — *Villageois endormi.*

ÉCOLE HOLLANDAISE

60 — *La Femme aux perles.*

ÉCOLE HOLLANDAISE (xviie siècle)

61 — *Portrait d'Homme en buste, enveloppé d'un manteau gris.*

ÉCOLE HOLLANDAISE (xviie siècle)

62 — *Le Mont de piété.*

ÉCOLE HOLLANDAISE (xviie siècle)

63 — *Les Moulins.*

ÉCOLE HOLLANDAISE (xviie siècle)

64 — *Raisins, pêches, homard et pièce d'orfèvrerie.*

ÉCOLE HOLLANDAISE (xviie siècle)

65 — *Adoration des mages.*

ÉCOLE HOLLANDAISE (xviie siècle)

66 — *Kermesse dans un village.*

ÉCOLE HOLLANDAISE (xviiie siècle)

67 — *Loth et ses filles.*

ÉCOLE HOLLANDAISE (xviiie siècle)

68 — *La Marchande de marée dans un intérieur.*

ÉCOLE ITALIENNE

69 — *Amours forgeant des traits.*

ÉCOLE ITALIENNE

70 — *L'Attente de l'Amour.*
Sépia.

ÉCOLE ITALIENNE

71 — *La Communion du Christ.*

ÉCOLE ITALIENNE

72 — *Flore, vue à mi-corps.*

ÉCOLE ITALIENNE

73 — *Vénus sortant des ondes.*

ÉCOLE ITALIENNE

74-75 — *Fleurs et fruits dans des vases.*
Deux panneaux.

ÉCOLE ITALIENNE

76 — *Sainte Madeleine endormie.*

ÉCOLE ITALIENNE

77-78 — *Scènes de la vie du Christ.*
Dessus de portes.
Deux pendants.

ÉCOLE ITALIENNE

79 — *La Vierge et l'Enfant Jésus.*

ÉCOLE ITALIENNE (XVIIᵉ siècle)

80 — *Sainte famille et saint Jean.*

ÉCOLE ITALIENNE (xviiie siècle)

81 — *Vulcain forgeant des armes pour Vénus.*

ÉCOLE ITALIENNE (xviiie siècle)

82 — *Diane entourée de ses compagnes.*

ÉCOLE ITALIENNE (xviiie siècle)

83 — *Le Mariage de sainte Catherine.*

ÉCOLE MODERNE

84 — *Jeune Femme.*
Pastel.

ÉCOLE NAPOLITAINE (xviie siècle)

85 — *Épisode des guerres d'Alexandre.*

ÉCOLE VÉNITIENNE (xvie siècle)

86 — *Jésus crucifié sur le Golgotha.*

ÉCOLE VÉNITIENNE (xviiie siècle)

87 — *La Récureuse.*

ÉCOLE VÉNITIENNE (xviiie siècle)

88 — *Présentation d'Esther à Assuérus.*

ÉCOLE VÉNITIENNE (xviiie siècle)

89 — *Buste de Jeune Femme, la main sur sa poitrine décolletée.*

ENGEL

90 — *La Mariée du village.*

FORT (Th.)

91 — *Carabiniers en reconnaissance. — Charge de cuirassiers.*

Deux pendants.

FRAGONARD (École de)

92 — *Le Chiffre d'amour.*

FRANCK

93 — *Le Jugement dernier.*

FRATI

94 — *Pêches et raisins échappés d'un panier renversé.*

GRANDSIRE

95 — *Portrait d'un chasseur persan.*

Dessin rehaussé de gouache.

GRANET

96 — *Voûte de pierre éclairée par un rayon de soleil.*

GRAY (H.)

97 — *Sujet humoristique.*
Dessin à la plume.

GUDIN (H.)

98-99 — *Marines.*
Deux pendants.

GUÉRIN (Attribué à)

100 — *Portrait présumé de Bernardin de Saint-Pierre.*

GROS (le baron)

101 — *Buste de guerrier.*

HIRN (Georges)

102 — *Grappe de raisin blanc.*

HOLLANDER

103-104 — *Le Réveil. — La Toilette.*
Deux pendants.

JAPY

105 — *Les Dunes.*

JEANNIN (G.)

106 — *Bouquet de roses.*

LANCRET (D'après)

107-108 — *Scènes galantes.*

    Deux pendants.

LAURENT (E.)

109 — *Paysanne filant dans un paysage.*

LEBRUN (D'après Ch.)

110 à 112 — *Les Batailles d'Alexandre.*

    Trois grands dessins à la plume et lavis d'encre de Chine.

LEBRUN (Attribué à)

113 — *Le Génie de la guerre couronné par la Renommée.*

LEFORT

114 — *Deux personnages sous la voûte d'un cloître.*

LEPIC

115 — *Portrait d'un Chien.*

    Gravure, épreuve avant la lettre, avec dédicace.

LEPIC

116 — *Sous bois.*

    Aquarelle. Signée.

LEPIC

117 — *Bateaux de pêche par un effet de soleil.*

LEPIC (Le comte)

118 — *Les Amateurs de fruits.*

LOGHADÈS

119 — *Le Chant.*

LONGHI (École de PIETER)

120 — *Le Physicien.*

MALAINE

121 — *Une Rose épanouie.*

MEISTER

122 — *Canard sauvage et lièvre sur une table, maïs et tomates, faisan et cailles pendus par la patte.*

MURILLO (D'après)

123 — *Saint Thomas de Villanueva.*

NOEL (Attribué à)

124 — *Navire à l'entrée d'un petit port.*

OLIVE

125 — *Oranges, mimosa dans un vase de porcelaine japonaise.*

PAPELEU

126 — *Étude de la forêt de Fontainebleau.*

PAPELEU

127 — *La Mare aux Fées, forêt de Fontainebleau.*

PENNE (OLIVIER DE)

128 — *Ruines dans un paysage par un soleil couchant.*

POUSSIN (Attribué à N.)

129 à 132 — *Sujets bibliques.*
Suite de quatre paysages.

RAPHAEL (D'après)

133 — *La Vierge à la chaise.*

RAPHAEL (D'après)

134 — *Jésus endormi, la Vierge et les anges.*

RAFFAELLI

135 — *Paysage; effet de neige.*
Signé.

RIBÉRA (École de)

136 — *Saint Pierre en extase.*

RIEDEL

137 — *Les Deux Romaines.*

RIVOIRE

138 — *Bouquet de fleurs dans un pot de grès et grappes de raisin.*
Aquarelle.

ROLLÉON (J.-N.)

139 — *Les Violoncellistes.*

ROOS DE TIVOLI (Attribué à)

140 — *Jeune Pâtre gardant un troupeau de béliers.*

ROOS DE TIVOLI (École de)

141 — *Rencontre de cavaliers; effet de soir.*

RUBENS (D'après P.-P.)

142 — *L'Enfant Jésus, la Vierge et saint Joseph.*

SABATIER

143 — *Au Régiment.*

SANTERRE (D'après)

144 — *Jeune Femme tenant un loup.*
Trumeau de glace.

SCHEFFER (Ary)

145 — *Tête d'Italienne.*

SCUBREUX

146 — *Étude en pied de Femme nue.*

STEINLEIN

147-148 — *Le Chat noir.*
Deux pendants.

TENIERS (Genre de)

149 — *Villageois dans un paysage.*

TOURNIÈRES (R.)

150 — *Vénus et l'Amour.*

TITIEN (D'après)

151 — *Vénus couchée.*

TROUILLEBERT

152 — *La Femme au perroquet.*

TURNER (Genre de)

153 — *Lever de soleil dans un paysage à aqueduc.*

VAN DER NEER (Genre de)

154 — *Moulin à vent ; effet de nuit.*

VAN DER POEL (École de)

155 — *Villageois au milieu d'un paysage par un clair de lune.*

VÉRONÈSE (D'après P. CALLIARI)

156 — *Léda.*

WATHURT

157 — *En route pour la chasse.*

WILDE (W.)

158 — *Marine.*

Aquarelle. Signée.

WINTERHALTER (École de)

159 — *Portrait du sieur de Salvandy, ministre de Louis-Philippe.*

WYRSCH (École de)

160 à 163 — Quatre portraits ovales. (Seront divisés.)

164 — Un lot de cadres.